la courte échelle

Les éditions la courte échelle inc.
Montréal • Toronto • Paris

Gilles Gauthier

Né en 1943, Gilles Gauthier a d'abord écrit du théâtre pour enfants: *On n'est pas des enfants d'école*, en 1979, avec le Théâtre de la Marmaille, *Je suis un ours!*, en 1982, d'après un album de Jörg Muller et Jörg Steiner, *Comment devenir parfait en trois jours*, en 1986, d'après une histoire de Stephen Manes. Ses pièces ont été présentées dans de nombreux festivals internationaux dont Toronto, Vancouver, Lyon, Bruxelles et Berlin, et ont été traduites en langue anglaise. À la courte échelle, il a publié un premier roman, *Ne touchez pas à ma Babouche* qui a reçu le prix d'excellence 1989 de l'Association des consommateurs du Québec.

Il prépare une nouvelle pièce de théâtre, la suite des aventures de Carl et Babouche, de même qu'une série de dessins animés pour Radio-Québec.

Gilles Gauthier rêve aussi depuis fort longtemps de mille chansons pour petits et grands.

Pierre-André Derome

Pierre-André Derome est né en 1952. Après ses études en design graphique, il a travaillé quelques années à l'ONF où il a conçu plusieurs affiches de films et illustré le diaporama *La chasse-galerie*. Par la suite, il a été directeur artistique pour une maison de graphisme publicitaire.

Depuis 1985, il collabore étroitement avec la courte échelle puisque c'est son bureau, Derome design, qui signe la conception graphique des produits de la maison d'édition.

Babouche est jalouse est le deuxième roman qu'il illustre. Et ce n'est sûrement pas le dernier.

Les éditions la courte échelle inc.
5243, boul. Saint-Laurent
Montréal (Québec) H2T 1S4

Conception graphique:
Derome design inc.

Révision des textes:
Odette Lord

Dépôt légal, 1er trimestre 1989
Bibliothèque nationale du Québec

Données de catalogage avant publication (Canada)

Gauthier, Gilles, 1943-

Babouche est jalouse

(Premier Roman; PR 7)
Pour enfants à partir de 7 ans

ISBN 2-89021-097-9

I. Derome, Pierre-André, 1952- . II. Titre. III. Collection.

PS8563.A98B32 1989 jC843'.54 C88-096542-8
PS9563.A98B32 1989
PZ23.G69Ma 1989

Gilles Gauthier

Babouche est jalouse

Illustrations
de Pierre-André Derome

1

Fantastique Véronique!

Véronique, Véronique, Véronique, Véronique, Véronique, Véronique, Véronique, VÉ-RO-NI-QUE!

Il n'y a pas de plus beau nom sur la terre. Ni sur la mer, ni dans les airs, nulle part. Pas de plus beau nom. Pas de fille plus fine.

Pas de fille plus forte non plus. Et ça, s'il y en a un qui le sait maintenant, c'est Garry. Garry, le comique, qui passait toujours son temps à rire de moi.

Véronique l'a mis à sa place. Et pas à moitié, je vous le garantis!

Il n'en menait pas large, le petit Garry, quand elle l'a pris par le collet et l'a collé sur le mur de l'école, les pieds dans le vide. Il n'était même plus capable de parler, lui qui crie tout le temps d'habitude. Plus un mot.

Il avait peur, Garry. C'était d'ailleurs la première fois que je le voyais avoir peur. Mais là, il avait réellement peur. Encore plus que moi devant lui, je pense. Ce qui n'est pas peu dire.

Il était blanc comme un drap. Et Sébastien, Anne-Marie, ses amis, étaient encore plus blancs que lui.

De vrais fantômes.

Il faut dire que Véronique, ce n'est pas une petite fille ordinaire. Elle est plus grande que Nicole, ma mère. Elle me dépasse de trois têtes.

J'ai l'air d'une puce à côté d'elle. Même Garry, qui est loin d'être petit, il a l'air d'un nain.

Et il paraît qu'elle a seulement douze ans!

Pour moi, elle a oublié des années. Qu'est-ce que ce sera quand elle va être grande!

Ce qui est sûr, en tous les cas, c'est qu'il n'y a personne à l'école pour lui faire peur. La cour de l'école, maintenant, c'est à elle. C'est «sa» cour.

Et dans «sa» cour, il y a une seule personne qui mène.

VÉRONIQUE.

Elle ressemble à une Viking avec ses grands cheveux roux! Une Viking en jeans qui a presque l'air d'une femme.

Et savez-vous quoi? Elle a dit à Garry qu'il était bien mieux de me laisser tranquille s'il ne voulait pas avoir affaire à elle.

Elle lui a dit ça au moment où il était justement en train de me tordre un bras pour que je lui donne une tablette de chocolat que j'avais dans mon lunch.

Garry a figé net et m'a lâché tout de suite. C'est comme si le tonnerre venait de le frapper.

Et moi, depuis ce temps-là...

... moi, je pense que...

... Véronique a un faible pour moi.

2

Vive lundi! Vive l'école!

Depuis qu'elle est arrivée à l'école (ça va faire bientôt un mois), tout a changé. Moi qui n'ai jamais aimé l'école, je trouve les fins de semaine plates. Je m'ennuie. J'ai hâte au lundi.

Sûrement pas pour les devoirs et tout ça, mais pour elle.

Pour la voir.

Pour la voir me sourire et me faire des clins d'oeil. Elle m'en fait souvent aux récréations.

J'aimerais ça lui en faire, moi

aussi, lui répondre de la même façon. Je ne suis pas capable.

Pas tellement parce que je suis gêné, trop timide. Non. Tout simplement parce que je ne sais pas comment. Je ne sais pas faire ça, moi, un clin d'oeil.

Ç'a l'air bête à dire, mais c'est comme ça. Et ce n'est pas parce que je n'ai pas essayé. J'ai essayé autant comme autant, je n'y arrive pas.

J'ai eu beau faire toutes les grimaces imaginables à la maison, devant le grand miroir de la salle de bains. Ça ne sert à rien. Ça ne marche jamais.

C'est comme si j'avais les deux yeux pris ensemble en dedans de la tête. Quand l'un ferme, il tire sur l'autre et j'ai l'air du cyclope que j'ai vu dans un dessin animé.

J'ai l'impression d'avoir seulement un gros oeil dans le front.

C'est pour ça qu'à la place d'un clin d'oeil, moi, je lui envoie la main, à Véronique. C'est plus facile et elle aime autant ça, je suis certain.

Véronique est arrivée d'une autre école en plein milieu de l'année. Je ne sais pas pourquoi et, de toute façon, ça n'a pas d'importance.

L'important, c'est qu'elle soit là et que je puisse la voir.

Elle ne m'a jamais parlé directement, mais je sais qu'elle s'intéresse à moi. Mon petit doigt me l'a dit. Et si mon petit doigt le dit, c'est parce qu'il le sait. Pour ces affaires-là, c'est un expert.

Je sais qu'elle est là, pas loin, qu'elle m'aime bien et que je peux compter sur elle. Elle n'est pas dans ma classe et pourtant, c'est comme si elle y était tout le temps. Garry n'ose plus jamais me toucher. Il sait trop ce qui l'attendrait.

Et moi, j'ai seulement à fermer les yeux une seconde et je l'ai à côté de moi. Avec ses grands cheveux... Et puis...

— Pardon?... Que je réponde à la question?... Quelle question?...

3

Attention: chienne jalouse

Vous ne savez pas la meilleure.

Babouche est jalouse!

Pas d'un autre chien, pas du gros chat d'à côté, pas d'une bête quelconque.

Elle est jalouse de Véronique.

Et quand je dis jalouse, ce n'est pas une petite jalousie ordinaire.

Elle est jalouse folle!

Pas question que je lui parle de Véronique. Pas question que je lui en dise un mot. Elle ne veut même pas que je prononce ce nom-là devant elle.

Si j'ai le malheur de le laisser échapper, c'est la crise.

Elle prend mes pantoufles, les mordille, les lance partout. Elle jappe comme une folle. Elle se roule sur mon édredon jusqu'à ce qu'il ait l'air en poils de bergère allemande.

Une vraie folle!

Elle faisait ça aussi quand ma marraine venait à la maison avec son petit caniche. Elle n'était plus tenable.

La différence, c'est que Véronique n'a rien d'un caniche! Absolument rien! Et elle n'a jamais mis les pieds à la maison.

Je ne peux pas voir ce que

Babouche a à lui reprocher. Je ne sais pas si c'est la vieillesse qui l'affecte ou quoi... Tout ce que je sais, c'est que ce n'est pas drôle.

Elle ne veut même plus coucher près de mon lit comme avant. Elle boude. Elle couche presque dans la garde-robe pour ne pas que je la voie.

C'est fou, une chienne, quand ça se met à être fou!

Et tout ça pour une fille qui ne lui a jamais rien fait! Qui ne l'a même jamais vue!

Nicole avait peut-être raison finalement. Peut-être qu'on ne pourra plus garder encore bien longtemps une vieille chienne de neuf ans qui devient folle braque!

4

Pas très comique, le porc-épic!

— Tu aurais pu la surveiller. Tu le sais qu'elle est un peu bizarre, ces temps-ci.

— Je la surveillais, mais elle est rentrée dans le bois comme une flèche. Je n'ai pas pu la suivre. J'ai seulement deux pattes, moi.

— Aide-moi à la tenir, au moins. Il faut lui enlever ça au plus vite. On ne peut pas la laisser se promener avec ces machins-là.

— Ça va lui faire mal. Elle ne voudra pas.

— Contente-toi de lui retenir les pattes de devant et je m'occupe du reste.

— Je suis certain que tu vas lui faire mal, maman. Ce serait mieux de l'emmener chez le vétérinaire.

— Pour qu'elle se mette encore à trembler comme si on allait la faire fusiller. Pas question. Avec ma pince à sourcils, je lui enlève ça en deux secondes, tu vas voir. Tiens-la bien.

Je vous dis qu'elle a l'air intelligente, ma chienne. Elle a le nez comme une pelote d'épingles.

Trois dards dans le nez et un sur le bout de la langue.

Cette idée aussi de piquer du

nez dans un porc-épic!

Comme si elle n'y avait pas assez goûté avec les mouffettes*!

* Voir *Ne touchez pas à ma Babouche*, du même auteur.

«Ne bouge pas, s'il te plaît et lève la tête si tu ne veux pas que Nicole t'arrache une oreille à la place des dards.

«Nicole n'a pas l'intention de t'épiler les sourcils, tu sais. Elle veut juste t'enlever les petites aiguilles qui te pendent au bout du nez.

«Bon. Il en reste encore deux. Fais la grande fille maintenant et je te donne un biscuit dès que Nicole a fini.»

— Je ne comprends pas ce qui est arrivé. Elle n'attaque pas les autres animaux, d'habitude. Elle passe son temps à se sauver. Là, c'est comme si elle avait essayé d'avaler le porc-épic d'une bouchée!

— Il l'a peut-être prise par surprise. Peut-être aussi qu'elle ne l'a pas vu à cause de ses problèmes d'yeux.

— Il y a quelque chose qui ne tourne pas rond dans sa tête, j'en suis sûre.

Si je pouvais seulement dire à Nicole ce qui est arrivé. C'est tellement simple.

C'est à cause de Véronique!

J'ai eu le malheur de prononcer son nom pendant qu'on se promenait dans le petit bois, Babouche et moi. Un oubli.

Il n'en fallait pas plus!

Jappe, saute, grogne, il n'y avait plus rien pour la retenir.

Jusqu'à ce qu'elle parte à courir de tous bords tous côtés comme un ballon qui se dégonfle.

Et bang! Tête première dans le porc-épic!

Bingo! Les dards venaient de se planter en plein centre de la cible.

Ou plutôt, c'est la cible qui venait de se planter en plein milieu des dards.

Et voilà ma Babouche transformée!

La première «chienne-épic» du monde!

Tout ça parce que madame la bergère allemande est jalouse.

Jalouse d'une Viking de douze

ans avec des cheveux couleur de feu...

Et des vieux jeans pleins de trous...

5

Un bruit court dans la cour

Je ne sais pas ce qui se passe ce matin, je n'arrive pas à trouver Véronique. Normalement, elle est à l'école à cette heure-là.

À moins qu'elle ne soit malade, mais ça m'étonnerait. Avec la force qu'elle a, les microbes n'ont pas grand chance.

Ce n'est pas comme avec moi.

Moi, il n'y a pas un microbe qui passe à cent kilomètres à la ronde sans que je l'attrape. Ou plutôt, sans qu'il m'attrape.

Mais Véronique, elle, il a besoin de courir vite, le microbe qui veut l'attraper. Il a besoin d'être très rapide. Sinon, il y a de bonnes chances que ce soit lui qui se fasse écraser.

Véronique n'est pas du genre à être malade. C'est pour ça que je me demande bien où elle peut être.

— Cherches-tu quelqu'un, mon Carl?

— Toi, Sébastien Legault, tu ferais mieux de t'occuper de tes affaires si tu ne veux pas que...

— À ta place, moi, je commencerais à faire ma prière.

— Veux-tu bien ne pas me fatiguer. Tu en profites parce que Véronique n'est pas encore là, mais attends qu'elle arrive.

— Ah! parce que monsieur n'est pas au courant...

— Au courant de quoi?

— Ta Véronique...

— Ce n'est pas MA Véronique.

— Partie!

— Tu aimerais bien trop ça, hein!

— Partie! Envolée! É-VA-PO-RÉE!

— Qu'est-ce que tu vas chercher là, toi?

— Tout le monde le sait. Tout le monde le sait à part toi, ç'a tout l'air. Il faut dire que tu as toujours été un peu en retard dans les nouvelles.

— Tu peux bien dire ce que tu veux, tu ne m'auras pas.

— O.K. O.K. Mais tu vas

voir quand Garry va revenir. Parce que lui, c'est seulement aujourd'hui qu'il est absent.

— Et... pourquoi Véronique serait partie d'après toi?

— Parce qu'elle est trop bête. Comme ta chienne. Parce qu'à douze ans, je pense qu'elle ne sait même pas encore écrire son nom.

— Je vais te l'écrire sur le nez, moi, son nom, mon maudit menteur!

6

Garry va me tuer

— Arrête de me lécher l'oeil. Je n'ai pas besoin de toi pour guérir. Je le sais que les chiens, c'est comme ça qu'ils se soignent, mais moi, vois-tu, je ne suis pas un chien.

Ce n'est pas un Saint-Bernard qu'il me faudrait dans le moment, c'est une VRAIE bergère allemande!

Demain, Garry revient à l'école. Il va apprendre que Véronique est partie et que je me suis battu avec son ami Sébastien. Qu'est-ce que tu penses qui va m'arriver?

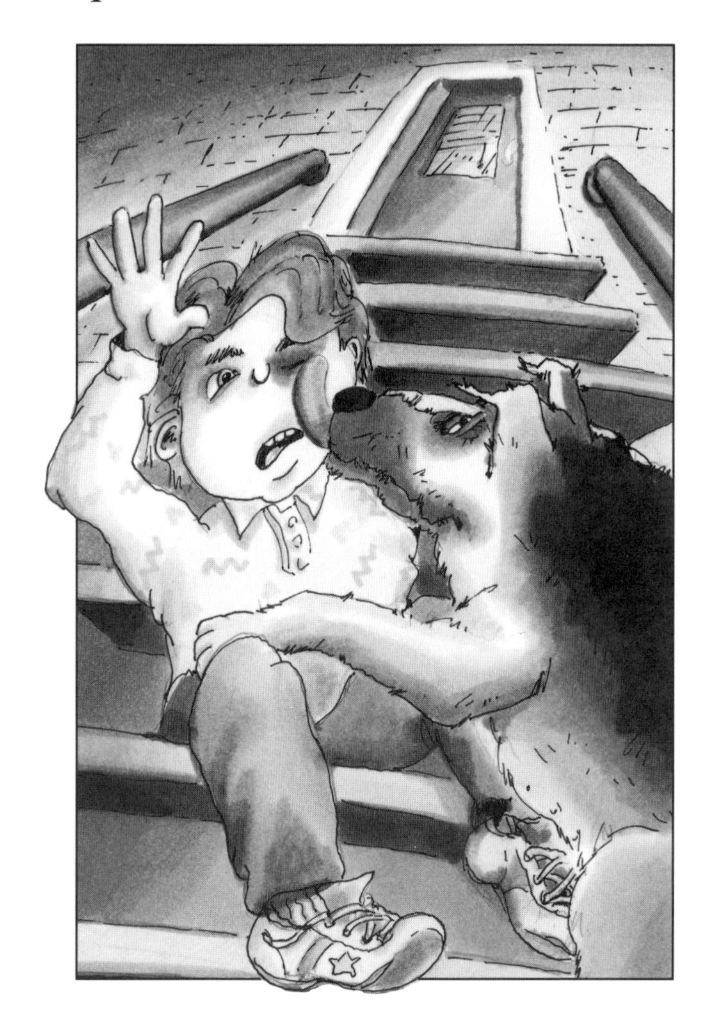

Tu ne réponds pas. Tu baisses les oreilles pour ne pas entendre.

Ce qui va m'arriver, c'est que je vais être mort. Mort, m'entends-tu? Démoli. «Kaputt», comme ils disent dans les films de guerre allemands.

Tu dois savoir l'allemand, je suppose.

Mais non! Tout ce que tu sais, toi, c'est que Véronique n'est plus là et que tu n'as plus rien à craindre. Et ça, ça fait ton bonheur.

Ce qui va m'arriver à moi, maintenant, tu t'en fiches. Tu t'en fiches et tu penses qu'avec quelques petits coups de langue, tu peux tout arranger.

Tu te trompes.

Je n'en veux pas de ton vieux

torchon sale.

Et ta grosse patte poilue, tu peux la garder pour toi.

Ce dont j'ai besoin, c'est de quelqu'un qui comprenne que Véronique est partie...

... et que j'ai de la peine.

De quelqu'un qui comprenne que Garry et ses amis m'attendent à l'école...

... et que j'ai peur.

Qui comprenne que je me retrouve comme avant.

Plus seul qu'avant même. Parce qu'avant, il n'y avait jamais eu Véronique.

Et tout ce que j'ai devant moi, c'est une vieille chienne à moitié sourde, à moitié aveugle, qui a peur de son ombre et qui me regarde en... en...

... en pleurant.

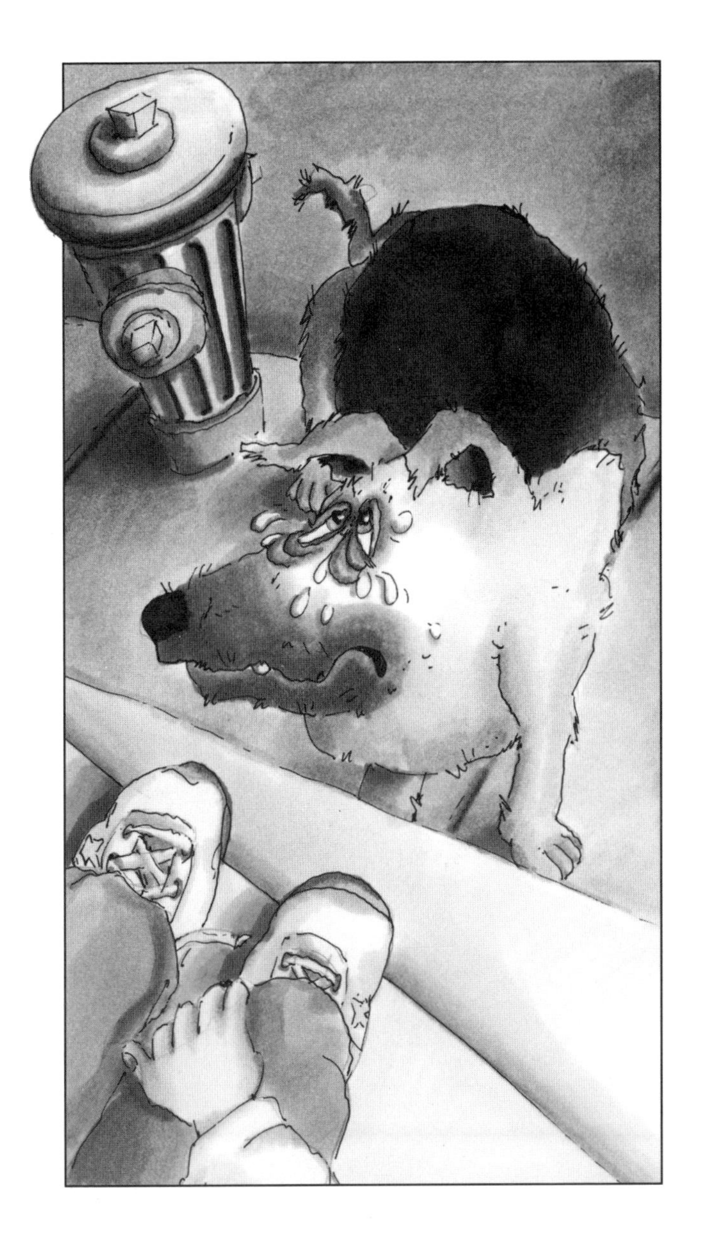

7

Les humains sont tellement bêtes

On est durs de comprenure, les humains!

Je n'aurais jamais pensé qu'une bergère allemande pouvait faire une «dépression». Comme ma tante Alice.

Ce matin, Babouche n'a pas voulu se lever. Quand je me suis réveillé, elle était couchée dans sa garde-robe et elle faisait des petites plaintes en respirant.

En fait, elle a commencé ça hier soir. Après que je lui ai

parlé de mes problèmes à l'école. Après que je lui ai lancé une poignée de bêtises.

Seulement ce matin, c'était bien pire. Elle se plaignait continuellement et elle ne pouvait plus se lever. Ses pattes de derrière étaient comme paralysées.

J'ai tout de suite appelé Nicole et elle a téléphoné au vétérinaire, qui est venu à la maison. C'est lui qui a parlé de «dépression». De vieillesse et de dépression.

Il a dit que c'était normal qu'à cet âge-là, il y ait toutes sortes de petits bobos qui apparaissent, mais que dans le cas de Babouche, il y avait plus que ça.

Nicole lui a mentionné qu'elle la trouvait curieuse ces derniers temps et il lui a répondu que c'était probablement sa dépression qu'elle couvait.

Il a demandé si Babouche avait vécu quelque chose de spécial dernièrement, si on l'avait laissée seule plus longtemps que d'habitude ou si elle avait été tenue éloignée de nous.

Nicole a dit non, mais moi, je sais que c'est oui.

Tout le temps que Véronique a été à l'école, je n'ai rien voulu savoir de Babouche. J'étais là, j'étais à la maison et en même temps, je n'y étais pas.

Tout ce temps-là, Babouche me fatiguait. Elle me tombait sur les nerfs.

On aurait dit qu'elle était de

trop.

Je pensais seulement à Véronique et Babouche le sentait.

Ç'a du flair, une bergère allemande. Ç'a du flair et ç'a du coeur surtout.

C'est pour ça qu'aujourd'hui, elle est malade. Parce que pendant un mois, j'ai tout oublié ce qu'elle m'avait apporté pendant neuf ans et je l'ai laissée tomber.

De tellement haut qu'elle a pleuré hier soir...

Et ce matin...

Et qu'aujourd'hui, elle a tout le mal du monde à se remettre debout.

C'est comme si ma bergère allemande avait été trahie...

8

Le boeuf haché, c'est la santé!

Croyez-le ou non, je suis encore vivant.

Garry est revenu à l'école, mais il ne s'est rien passé. C'est même lui qui a averti Sébastien de me laisser tranquille à l'avenir.

Garry a changé.

Il y en a qui disent que c'est parce que son père est revenu chez lui. Pendant des années, Garry a raconté à tout le monde que son père était en voyage.

Une semaine, il était aux États-Unis, la semaine suivante, il était en France. Un mois plus tard, c'était le Japon.

Il faisait tout un voyage!

Seulement, je ne suis pas convaincu qu'il soit allé aussi loin. Je pense que Garry en mettait un peu.

Mais je suis bien content de ce qui lui arrive.

Pour lui et pour moi.

À l'école, je sens qu'on respire mieux tous les deux.

J'ai toujours pensé que Garry n'était pas vraiment heureux de passer son temps à se battre. C'était juste sa façon à lui de montrer qu'il avait quelque chose en dedans qui lui faisait mal.

Pour le moment donc, de ce

côté-là, c'est la paix et c'est tant mieux. C'est un peu moins tranquille à la maison cependant.

Pas parce que Babouche va mal. Au contraire!

Babouche va mieux. Beaucoup mieux.

Elle a réussi à se mettre debout la journée même où le vétérinaire est venu. Il lui a donné une piqûre qui a eu l'air de faire des miracles.

Pourtant moi, je crois qu'elle a surtout apprécié que je lui fasse des excuses. Parce que je me suis excusé.

Je lui ai même demandé pardon.

Deux minutes plus tard, elle était debout.

Ça comprend, une chienne, bien plus qu'on ne pense. Et

c'est sensible aussi.

C'est comme un enfant.

Depuis ce jour-là, elle dort tout près de mon lit. Tellement près, en fait, que j'ai souvent sa queue dans la figure et que je suis obligé de me mettre un oreiller sur la tête pour ne pas l'entendre ronfler.

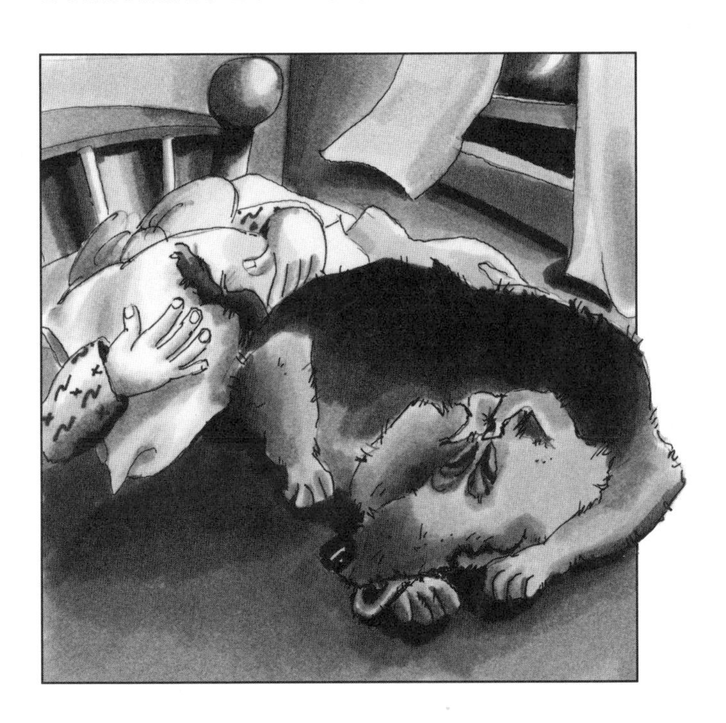

Mais ce n'est pas grave. C'est seulement la preuve qu'elle m'a pardonné.

Et la preuve que sa dépression est finie, Nicole l'a eue pas plus tard que ce midi...

... quand elle a cherché pendant dix minutes le kilo de boeuf haché qu'elle avait laissé sur le comptoir de la cuisine...

... et que tout ce qu'elle a retrouvé, c'est un petit morceau de cellophane...

... à deux pas du bol d'eau de Babouche!

Table des matières

Achevé d'imprimer
sur les presses des Ateliers des Sourds Montréal (1978) inc.
1er trimestre 1989